Aviones

Julie Murray

www.capstoneclassroom.com

ABDO
MEDIOS DE TRANSPORTE
Kids

Spanish Translators: Maria Reyes-Wrede, Maria Puchol
Photo Credits: Shutterstock, Thinkstock,
© Christian Lagerek p.13, © Stanislaw Tokarski p.15 / Shutterstock.com
Production Contributors: Teddy Borth, Jennie Forsberg, Grace Hansen
Design Contributors: Candice Keimig, Laura Rask, Dorothy Toth

Library of Congress Cataloging-in-Publication Data
Cataloging-in-publication information is on file with the Library of Congress.

ISBN 978-1-4966-0485-9 (paperback)

Printed in the United States of America in North Mankato, Minnesota.
092017   010841R

Contenido

Aviones

Los aviones vuelan por el cielo. Llevan a la gente de un lugar a otro.

4

Mucha gente viaja en avión.

Se usan en todo el mundo.

Partes de un avión

La parte delantera se llama

nariz. La parte de atrás se

llama cola.

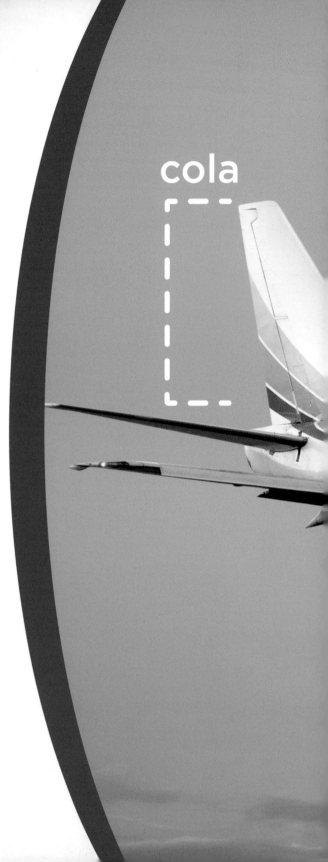

cola

nariz

Los pilotos se sientan

en la **cabina de mando**.

Ellos usan computadoras

para volar un avión.

11

La **bodega** de carga está en

la parte de abajo del avión.

Ahí se guarda el equipaje.

13

La gente se sienta en la cabina. Ahí hay asientos, televisiones y baños.

El avión funciona con motores.

Las alas lo ayudan a volar.

Los aviones despegan y aterrizan en una pista. Tienen ruedas para moverse por tierra.

Aeropuertos

La gente toma aviones en los aeropuertos. Los aeropuertos están llenos de gente que viaja por todo el mundo.

Más datos

- Cada tres segundos aterriza un avión en algún lugar del mundo.

- Los hermanos Wright fueron los primeros que volaron un avión, fue el 17 de diciembre de 1903.

- Viajar en avión es la forma más segura de viajar.

Glosario

bodega – panza del avión donde se guarda la carga. La carga puede ser muchas cosas, desde correo y productos hasta maletas.

cabina de mando – lugar en la parte delantera de un avión. En la cabina de mando están los controles y los asientos del piloto y del copiloto.

cola – parte trasera de un avión.

nariz – parte delantera de un avión.

pista – camino largo donde aterrizan y despegan los aviones.

23

Índice